困兽之诗

POEMS OF IRON BEAST

何怀素◆著

上海三联书店

献给俊明与荷花

你闭上眼，耳中只有巨兽咆哮的风暴

——堂·吉诃德

代序《抵达之谜与穿越的声音》

“写诗就是将具有美感的言说的欲望付诸行动。”

克尔凯郭尔说，愿意努力工作者创造出他的父亲。作为一个写诗人，我写诗就是在产出自我，只是这个产出的自我终将成为他者，与我一起，独立面对这个世界。

在我看来，诗终究是诗的多义性导致的“误读”的产物，“毕竟，德行最伟大的方法是想象”。诗是声音在言语中的上升，永不可能抵达自身的幻想。诗还是无数对决的产物：诗人与读者，精神性与言说性，在场的表达与成为他者，意义的绝对性与无限性以及自然词序与韵律雕琢。字词的物质性使得生机勃勃的句子具有了绝对性。而诗则努力让字词避开自身明晰的含义，从而塑造出新意，具有了精神上的无限性。由此，诗成为了不可抵达的谜。

女诗人乔丽·格雷厄姆在访谈中曾被无数次地问到这个问题：诗歌的目的究竟是什么？她说，诗是克服我们身上“视而不见”的冲动，诗是让人赤裸裸地体验现实，诗是像笑声一样可以感染他人的力量……或许诗歌就是，匆忙生活中的中断和暂停。她最终希望，我们能在日益碎片化的生活里，重新想象一个整体的世界。

米沃什认为，诗歌的目的在于提醒我们，一个人要保持自我是多么困难。

我想，这也是我写诗的目的：是诗歌为我创造了一个蜂巢般的世界。事实上，是文学性写作为我打造了一个自己当王的国度。语言的使用与创造本身让我的生存体验有了自己的表达方式。尽管写诗多年，可对于诗的认知，我依然无知，依然充满着自己的疑惑与追问。但幸运的是，个体的生存焦虑与自我的不可言说的困顿，最终在我的诗歌创作或其他文学写作中得以纾解。是诗对可能性的追求，打开了我生命的视野。当我跃入语言，仿佛跃入新的人生境况。我潜入对语言的劳作，使得我的一切也仿佛成为可能。写诗使我成为自己内心的国王，扩张自己的意志版图，不断在自己命运的疆域中开拓。我内心世界的晦暗或明澈、喧嚣或宁静，在我的诗歌中得到了回响。对我来说，写诗是将具有美感的言说的欲望付诸行动，并在其中强烈地感知到自我的存在。写诗就是穿越死亡而不得所发出的永恒的声音。

博纳富瓦有一段话直指我的内心：诗歌拉近我们和世界的距离，我们更容易感知它的统一性，体验到这种统一性的更多的元素——就像叶子，即便从树枝上落下，那一瞬也是永恒。

目录

1　自画像

你出生在六月的时节
像睡莲上的一滴露珠
躺在某个夏日的午后
开始不可避免的生活

你起伏的身体的曲线
暗示人生中必有波折
时而扑面的空虚与迷惘　笼罩
如山间的雾气，被视为风景

当一个新生命闪回你的体内
像更为纯粹的火　在那里燃烧
你瓷质的心将熔炼得更为坚硬
却依然对命运中的柔软表白爱

你几乎失明的眼睛，善于抓住词的意义
苹果般的你，糖分与汁水已被岁月抽离
你为时已晚，不再有过分的甜与饱满
回忆与悲喜的纠缠，如南方的藤蔓
爬上你的脸和眼，横在眉宇间
吻过的痕迹，是时间与你的缱绻

世间的洪流汇集
污浊裹挟你，但只要
你走出陈旧的身体
就可以像只蝴蝶　破茧而出
因为，夏日必然有某些奇迹发生
而你，将是这奇迹的必然

2　孤独四讲

一

你此刻的赤裸，让月色踏空
体内古老的眩晕造就时间的漩涡
袅袅的长发，黑亮中承接雨露
在你的腰肢上，卧着一只空无的手
妄图插入你的涵洞，抵达深渊的秘密
你的密林中藏着生命起源之谜，谁能解开
谁就能看到你那无边透明的孤独

二

你为取回世间的孤影
像迎接你忠实的伴侣
化为一只黑鸟　去迎接宇宙的阴暗
时间凝结成钻石　缀满你的羽翼
闪耀刺痛了死神的双眼

你由此不断轮回
在一切都将消逝的世界
你成为永恒的靶心

三

在一个石头的梦里
你成为了一粒花种

在所有的爱情里
最坚硬的，来自于
一个石头的梦

在这爱情中最凄清的是
一粒花种，无法被进入

四

你在成为野兽前的最后一夜
不断发出咆哮，像对世界喷射欲望
时间化为一只巨耳，听取了你的心声
你想取回挂在天空碎落的巨齿
待用尽世间所有的不幸与孤独
便取消自己成为一切的可能
在黑暗和宁静中　重返荒原

3 祖与占

我们将让火活着
将让鸟儿放走虫
飓风般的热爱与痛
让我们做出这样的选择

狂风巨浪里的风帆注定被撕裂
年轻的肉体不免落入时间的窠臼
谁在意悲剧中的哀悯多于幸运
是爱情消融了，我们所有的生活

4　不止是火

是啊，不止是火
对燃烧有特别的热情
就像一个伐木工人
不只对木头倒下感兴趣

燃烧需要的是火的闲暇
犹如，我们需要对夜晚充满激情
我要将你潮湿苍白的身体打开
就像打开一本藏书的扉页
我将作为最痴迷的书虫钻进
字里行间，就像钻木取火

今夜，我们不止是火
我们还是燃烧

5 来吧，请和我跳舞

来吧，请和我跳舞吧
谁说心碎的人不宜跳舞
那是他们没见过
风中摇曳的蒲公英

仿佛夏日少女发出邀请
来吧，请和我跳舞吧
除此之外，我别无他求
就像一场暴雨注满河流

爱，是被日夜变化消弭的
火焰般的热烈，大海般的虚空
来吧，请和我跳舞吧
带着清晨的露珠与你眼中的哀愁

月与潮汐交织一曲华尔兹
流星打开天幕，燃烧的原野上
十万片火在催促着你
来吧，请和我跳舞吧

6　世界比虚无小

仿佛是虚无踏入了那黑夜
犹如一匹马走进一家酒吧
午夜的月光像手，撕裂了
荆棘般刺满这城市的街道
他游荡着，成为人群中的人
梦醒时分，他发现一个秘密
这世界太大，只比虚无小

7　有限性

是有限性，让这雨水来不及
重回天空，作为永恒的代价
化成我们人生中的雾与泪水
你知道，时间是不可逆的
但年轻的幻象凝结成信念——

若我们不去收获
种子就可以复活
只要彼此不再相爱
结局永远幸福快乐

是有限性，让我们对未来充满焦虑
将自己全然投入无限的当下
不透露未来的暗示
我们　才能好好生活

时光穿越了热风
岁月降落在阴影里
迷途上的群鸟　归于永恒
在越走越长的路上
你我　学会了沉默

8　将黑鸟放进口袋

我在失败中寻找一种可能
让身体长满荆棘和蒲公英
将自己多余的年岁沉入湖
风的眼睑上伫立一只黑鸟
在观察它的十三种方式里
少女的瞳孔犹如一座监狱

自由的日子，随落叶而去
我将黑鸟放进口袋，随时
与风交换自己身上的种子

时光的褶皱足以描画我的面容
金黄色的梦里，我攀援着自己
脸上的泪水，费解地度过一生

9　沉重的轻盈

他脑里驻扎着一只蓝色海鸥
为长出轻盈的翅膀，一夜夜
坚守着寂静让黑暗吞噬。他
遏制内心的哀怨，海月水母
般地生存在无能的对抗之中

是荆棘教会了道路如何坎坷
对于死亡与仇恨，他学会了
保持天然的傲慢。但有时候
活着的姿势犹如跃起的万物
积极的气息会被不幸所嫉妒

一根永恒生长的刺犹如射向
阿喀琉斯之踵的箭，愤怒如
烈焰撕开他的心胸，唯有将
陈腐的灵魂丢弃并重塑，才
得以轻盈，哪怕沉重的轻盈

10 技艺一种

给道路一个离开大地的意义
蒲公英就有飞往天空的轨迹
奔向伟大事业的我们，借蝼蚁的躯体
生活，将摒弃平庸作为目的

我们生活全部的意图
是让雨降落在一个湖
我们生活的全部秘密
被一只黑鸟藏在眼里

生活像河流，汇集了我们污浊的事迹
为了越过绝望，我们学习失去的技艺

具备失去的本领并非难事
我们啜饮彼此时也在练习
如风筝失去风，我失去你
学会遗忘，逃避或者别离

11　论火的道德

等不及收集世间所有的灰烬——
从有到无的过程里，火正在
思考着自身存在的终极命题。
用语言表达自身会失效——
在及物的生存方式里，唯有
指涉他者才有存在的可能性。

温暖热烈的火的一生，
是创造和毁灭的姿态。
火的体内一定燃烧着，
我对你的恨意与爱意。

12　正大光明的黑暗

恶不在痛苦而在遗忘中
我们身边满是深邃的黑暗
贫乏的日子裸露风中，请允许
高尚的精神在大地上永远坚硬
席卷我们的恶，只在天空盘旋

瞧，艰难的日子正在降临
来到我们之中的恶
比一枚苦月　更多
愁苦悬在空中
瞪着我们每个人
像一只鸟张开的巨大的翅膀的阴影
在太阳底下肆意它正大光明的黑暗

13　爱你的绝望与悲伤

命运的琴弦拉奏你的神经与泪腺
脑中回响自己出生时第一声啼哭
你紧绷自己向这个世界蓄势待发
我在你片刻的虚无与茫然中
添加一丁点高尚与喜乐
就像金黄色的秋天尚有一丝绿
而命运的眼睑上伫立一只黑鸟
它忽明忽暗的眼睛噙着某种欲望
也许就像鹫鹰瞪视普罗米修斯那样

坎坷滑出人生的巨大坡度
有那么一刻，你在陡峭中展翅
若想让四季与日夜放下对你的误解
你理应　傲慢地　对视黑鸟的眼睛
快从他者的敌意与世间的黑暗中
出走吧，如逆风而行的信天翁
愿世人原谅并接纳你生来的贫乏
有人爱你的善良与可爱
有人爱你的绝望与悲伤

14　第一类型危险

将人生中所有的夜晚折叠出
一个立体的月亮
将它精确地挂到卧室墙上
像一盏照进梦境的床头灯
你意识到一种摇摇欲坠的危险
是一种容易滑落的美
造成了你在深夜无眠的紧张

月光　像一大捧去刺的白玫瑰
将你铺满　将你融尽在白色的漩涡
晚风穿过你　穿过黑色的窗户
你成为这个夜晚坠落的
唯一的陨石　将自己
从命运中砸醒

15　花栗鼠之春

请尊重泥块赋予的
地面的丰饶和永恒
毕竟，“我从未见过荒原”
就算一觉醒来这世界颠覆
纵使不幸已纷纷抵达
所有道路都通往泥淖
仍能在花栗鼠的颊囊
找到一粒希望的种子

16　达摩流浪者

一只黑鸟在观看你的流浪
你那些在太阳下暴晒的运气
已被蒸发得所剩无几
如你手中的酒瓶，将永远地空了
远处的孤峰还可以相伴一个时辰
夜的黑色即将倾泻而下
并用它的寂静将你裹住
你已做好决定，等一会儿吃下出来的苦月
疲倦像手拽住你的衣领摇晃
你脚上的鞋子瞧不起路上的石子
决定不再与你同行，即使如此
你仍悠然对所在之处唯一的树说：
我是去水中参加一场火的盛宴
一切安好，凡事都还来得及

17 夜的匕首

黑猫的软蹄　踢翻星辰的酒杯
安慰人的晚风　此刻比酒更烈
失意者的呼吸　带着湿润的微醺
夜的匕首　在爱情酒吧犯案
试图在我们中间
刺伤一个爱过的醉汉
请保持缄默吧　不管刚刚痛苦
还是悲伤已久
寂静的嘴　才能喝下
苦艾

18　我以摇曳的姿态面对

我以摇曳的姿态面对
无数的乌鸦向我飞来
在一片黑色的飞行中
我劈开一条光的道路

我以摇曳的姿态面对
困境如同湖底的淤泥
在一片黑色的胶着中
我拔起一根向上的力

我以摇曳的姿态面对世事
是命运中悲剧的全部愉悦
经由光的道路与向上的力
助我免于滑入绝境与虚无

19　平庸之诗

你的心像这深秋的落叶卷曲
浑身阵阵悸动　让你感到寒意的锋利
无形的尖锐　刺痛了你混沌的成年生活
你重返纯粹的风中找寻失落的童年
却恰好看见　世界正背过身去
藏起你心爱的玩具
那是记忆的碎片里
一枚已经黝黯的星星
是从你体内走失的
春意盎然的蓓蕾
此刻　你转而去拥抱
风中颤栗的少女
她提着湿漉漉的裙摆
那有你曾经的悲泣

20　狂流

我们不再一起漫游了
你转身去握住黑暗的手
而我　登上梯子去采摘太阳的种子
再也无法得知
你去往何处

或许　你正同落花一起　漂向狂流
你为自己制造了一场充满希望的出走
但正如我所预感中的
人间的凶残　正在找寻着你我
幸好　世间的树上刻满的　是我们的旧容

你不在时　时光
如四散而飞的瓷片
划破了我重重的叹息声
使得我的哀怨　苍白
如一枚无泥的印章

为你　我祈求水的不朽
你永不停息地漂流
意味着　你还鲜活

21 成为他者

你不清楚自己是谁
在反复地追问与判断之后
确认了对自己的失望

你不该是你
而应成为他者
你想尽快结束这轻飘飘的一生
再去经历一次充满希望的出生
你想隆重地存在
哪怕重重地死

你想向魔鬼出售灵魂
为换取来生的美貌与智慧
成为不断被幸运眷顾的宠儿
你的谵妄折磨着你的神经
而你的遗忘最终拯救了你

你不清楚自己是谁
在反复地追问与判断之后
你确认自己是世间唯一的人
将独享上天亏欠你的美好

此时的你
确认了自己的存在
成为了不存在的他者
成为了本身的自己和想成为的那个人之间的裂缝*
相信　你会重新接纳
这个世界唯一的
自己

*引自佩索阿《我开始明白我自己》中的一句

22 豹

——致里尔克

你由一种跃起的力支配
盯梢口味不同的未来
眼神璀璨而肃杀，仿佛
注入了星辰与开刃的刀锋
你并不关心的同伴，被千万条栏杆
以及身后空无的世界所折磨
但你强劲而轻捷的脚步柔软地行走
或盘旋于自己的意志且并不眩晕
你身体紧绷而充满张力
像你的猎物们那不可捉摸的命运
昼伏夜出，黎明时分的你在水边
打量自己的倒影，在静止的
瞳孔里，你的斑点在跳舞

23　春的盛宴

四月的雨，像达达里奥*的琴弦
嫩芽们都是乐手，弹奏着春之狂想曲
雀鸟放大了树体内的和声，清脆欲滴
屋檐的水流时而响起摇铃，引逗着
房间里的婴孩打了一个响亮的奶嗝

谁在意聆听的种子　是否顺从地生根发芽
那些花簇的裙摆上　缀满水珠的欢笑

花栗鼠穿越茂密的冬眠抵达
在春的洞口　偶尔吹起的哨声
让人想念季节流转中　丰硕的盛宴

降临世间的宾客　纷纷得到希望的礼盒
冬天已过，请不要冷落热忱的生活者
黝黯的泥在大地上狂饮
将自己喝成无尽的绿

*达达里奥：D'Addario。美国全球最大乐器配件公司达达里奥，世界知名琴弦品牌。

24 伊甸园

你豪饮一条蛇的赐酒以忘却孤独
你将誓言之种埋在寂静之地
那些言之凿凿的声响收纳在苹果的内核
所有的秘密凝聚成一根普通的肋骨
与命运联姻的不幸成为种植爱侣的沃土
星辰已逝，时间的树直抵你的颠倒梦境
银河闪耀如幻象之叶替你遮掩
人间破碎的爱情

你梦到，不断有少女的双唇如花绽放
递出远方的春天，成为世间唯一的不朽
这不朽像是一种拯救
拯救你的自欺与倦意
像是春天在不断地到来
爱就永远在你心头发芽

25　蒲公英

我以永不落地的方式
躲避衰老对我的抓捕
有千亿双眼睛在时间的表面
追踪我的轻飘与漫不经心

我逃避
无非是逃避生活
并不因自己的沉重而停止

我可能只是生活的一种形式
就像眼泪是悲伤的一种形式
我将自己化成悲伤的一种形式
犹如命运的火焰中含着水汽
对终将熄灭的生命充满悲愤

我逃避
无非是逃避死亡
但谁也无法治愈死亡
只会带来无尽的虚无

所以，在千亿的泪水
从时间的表面滑落前
我必须成为生活

26　时间捕手

你逃逸出梦魇
立刻对月光下手
将星辰踢碎
四散在宇宙的各方

你试图捏住时间
它透明而光滑
引你跨过隐形的山峰
在宇宙最黑处
找寻时间的捕手

你从未见过的
只在梦魇中出现
莫比乌斯环构造的故事里
一只巨蛇吞噬
被时间塑造成的万物

流动的钟
或　浮起的石头
盘旋而起的音乐
仿佛　你就是这一切

27　晚餐时间

晚餐时间已到

你的生活伸出
一只慵懒的手
对疲惫不堪的你发出它
平淡的邀请
请在冰制的餐桌前享用你
乏味的一生

紧张
就坐在你身边
奇迹
却从未踏入门

餐盘上的装饰花
是你为数不多的挚友
重复被摆布的你们
在岁月蹉跎里哭泣

彼此同情
一起陈旧

28　孤兽之夜

我看见善变的孤兽幻化成人
干渴的他　将黄昏一饮而尽
那最后一杯金酒　尚还温热
在他黝黯的体内化为冷星辰

远山间的眼睛们看见我看见
自己消融在永恒的透明之中
我的存在　在阳光下愈透明
我被给予的真实　就会愈多

此时　在孤兽幻化的原野上
十万片火在燃烧　一只黑鸟
它巨大的阴影　像一对巨翅
那是生活之我　沉重的叹息

29　生活之铁

丢失了缤纷的风景和气节的土地
注定被情绪失控的大雨　挤出
松弛的身体里　孕育的希望的种子

谁会在波光粼粼的
泪水中　欢欣雀跃
谁会在夏日的尽头
啃食　最后的绿

呵，是我
一块生活之铁
命运中的荆棘

多年的眼疾牵挂着我

30 致爱人

我苦味的眼神与你的愁容
交汇在一轮血色的明月中
寄多少相思，才能抵达你
罂粟般的语言所表白的爱

夜脱掉星辰般闪耀的外衣
黑暗的眼神里时钟滴答响
来吧，到相拥的记忆里睡
时间长于永恒而短于一秒

你的呼吸声犹如海的潮汐
澎湃我耳边，是心孤独的
震颤，每一场　黄昏云的
燃烧，让彼此的思念灼热

一棵红杉替我遥远地举杯
你畅饮多瑙河而不胜酒力
我们沉醉于空无的欢愉里
今夜，你的心靠近我的心

31　人之诗

你在大地上拓写你的孤影
它活了 像你的友人一样 与你握手
它穿上你的衣服 去你的房间休息
它吃你喜欢的食物
你让给它一把旧椅子
它轻飘飘地坐上去
仿佛在轻蔑地对待自己的好运气
——它轻松地活了

它翻看你所有的相册
那些你鲜活生活的记录影像
它与你谈论她们 你的妻子和爱女
你告诉它 曾经的生活里也有它的陪伴
它惊讶地微张着嘴
———张和你一模一样的嘴
厚实而微凸 湿润而温柔

它给你煮你最爱吃的食物
它清楚地知道你所要的 比你更甚
你忘记了自己需要什么 喜欢什么
你的遗忘 是痛苦的丢弃
丢弃生活 丢弃伤心

你在大地上拓写你的孤影
仿佛妻子生出了你的爱女
你把一生都送给你的孤影
——曾经你想把世间的幸福都给你的妻女

你的影子将是全部的你
你成为你的孤影

32　理解道德

当我们备受欺侮时
隐忍并非具有良知的善
那些沉默中的啜泣
或许　源于与恶为伍的胆怯
摧毁个体生存意志的
有时　仅仅是他者蔑视眼神的一闪

请不要被这一闪所击中
了解毁灭是一件容易的事
但无需认同与屈服
犹如顽石　应勇于击退
野蛮之海的巨浪
在困境中桀骜不驯　苦难中狷介不羁

用挥洒热血代替捍卫泪水的尊严
是我们唯一的道德

33　时间的灰

极度的痛苦不会持续很久
我的朋友，无需努力地克制
它会在时间的火焰里燃烧
随着火的寂灭而化为　灰烬
你只需轻飘飘地忘却
只需轻飘飘地展示自己的
钢铁雄心
好像它生来轻飘而刚强
只是　在逃离记忆之岛时
不要忘记从火中带走剩余的旅途
煎熬的日子还很长
时间的灰烬就是你
余生的行囊

34　一些遗忘不彻底的事物

晨起喝下的第一杯水
教会你的肢体温柔
时间为你缝制的
皮囊渐渐陈旧
幸好世间未留你
质数的孤独

往事回忆如闪电
击中你的泪腺
昔日的人如倒影
在你心间涌动
一些遗忘不彻底的事物
被折叠进夜晚
支撑你一生的梦

35　寂静如一只巨兽

十万片火
在荒野上追逐风
燃烧已久的断木
与之纠缠
直至寂灭

火在失明前　看见
灰烬在塑造自己
永恒的雕像

天空掠过乌鸦
去叫醒昏睡的石头
闪电的尖锐划开了
夜　黑色的裙摆

荆棘　在夜的脸庞上
看见疼痛的泪珠
月光　在大地的伤口上
镀银

夜色的空无对寂静
表白爱

时间的肉身被熔岩煮沸
声音收纳于沙与石之间

寂静如一只巨兽
踏碎大地的肋骨
熔岩发出
梦的呻吟

36　一个青年的镜像

他说话，自由地说话
在断崖上对沙砾大声说
如大地永恒坚硬

他歌唱，由衷地歌唱
在海的深处与塞壬对抗
海的女儿不应沉默

他躺下，随意地躺下
广场上有一座座血的雕像
在春意的尽头竖进夏

37　你的名字

你在时间的废墟上奔跑
风的影子倒映在你沉思的眼中起舞
天空将自由的蓝　泼洒在无岸的海
波涛在你的胸腔澎湃
你的啜泣声充斥着
宇宙的回响
今夜的梦魇还未抵达
你被置于永恒中
不知未来为何物
气象万千的季节在你的体内
汇集出一条巨大而透明的河流
世间的镜子破碎了
分裂出无数个你
墙上跳跃的光斑在呼唤
无垠，是你的名字

38 暗示

请用一场大火烧毁我的生活
对我失望的全部证据——她已不屑与我同行
而是将我阻隔在　一条透明而宽广的河流对岸
我说过的每一个关于她的词语的意义　都将失效
她取消了我　在她面前存在的种种形式——
勇敢、坚韧，或狷介而不羁

她甚至用灰烬般的手捂灭我对她的热情
我所有的好运都将被她收回
即使我热爱她，也毫无办法
仿佛还在暗示——我更艰难的日子
犹如污浊的暴雨即将来临

此刻的我，像一只失去种群的麋鹿
退行到自己不在的世界

39　本质

我来不及脱去时间之茧织就的皮囊
袒露我纯粹的发出元音的骨骼
睡意已收缴了我全部意志
我乌亮的头发每一次与夜晚结合
都能产出一种令人满意的黑
使得我的脸沉浸其中而失去意义
我本打算用我在场的眼睛邀请
以光年行进着的星辰来作伴
却在银河倒灌的黑洞前走失
时间走过一切，随手带走我的所有
我以静止的姿态对抗我的失去
与其他入眠者的雕像不同
我将是一副具有水的精神的标本
有着无垠的孤独的本质

40　献给我眼睛的诗

你将自己藏身在夜晚的星辰
几乎看不出你和它们的差异
你应该被放在夜空
将比它们还要明亮
你在我的眼窝里
只隐隐让我心疼

41 小雪

雪们向暴风借用洒脱
在广袤的空间将裸体呈现
钟形的身体上有时间的刻度
从那些苍老的雪身上
年轻的雪学会了谦虚
与谨慎地自我塑造
他们勇于雕琢自己
懂得保持晶莹　洁净
并克制过分张扬（并没有纷飞飘舞）
在与世间的美好为伍时（也偶尔装饰）
也不显露自身的美
或许他们知道
并非所有的美
都能派上用场

42　今夜，我们无法谈论爱

今年夏天的炎热来得尤为艰难
如情人们爱火冷却便难以重燃
丰沛的雨水涨满了恋人的眼窝
一说思念，泪便意味深长地落了下来
立夏之夜，冷月在等候爱人们的甜睡
以缓解它大量的愁苦造出的人间思念
却不知爱的阴影敲打了错误的时辰
晚风也不知该如何来弹奏这夏日
索性吹乱了树下一对爱侣交叠的身影
它的边缘像生锈的刀刃，划破了树下
你我亲吻着的嘴唇，令我们无法
在今夜，谈论或粗砺或精致的爱情

43　身体笔记

我的眼睛努力挖出夜空的苦月
情人间的对视便多了苦涩的温情
我的睫毛摘取我的生命之盐
我的嘴唇将词语咬碎，吐在时间的缝隙
爱侣们便没了言说而造成的嫌隙
我的眉散淡，如云的行走
我的脸颊耸起千高原
我的鬓角驮起太阳，并唤醒我的良知
我的心吸取了玫瑰与向日葵的芳香
我奔跑，我的长发将桎梏的风打翻
我的腰肢穿行在虚无与喘息间
我的双腿打开宛如这洁净的世界
我的脚步抬起，沉重而轻盈
我的生命雀跃于尾声

44　放弃

我有为自己放弃
一幅肖像的权利
当黑亮的雨水在大地上
刻画我无垠的孤独的样子

45　纯粹

请将混沌注满我
让我重返纯粹的无知
我的无畏，将因此而得以释放
当我重新学会了一切
包括因恐惧而颤栗
我也会用光的阴影吮吸花汁
而不允许一滴泪击穿自己

46　黄昏里的生活

我喝下世间所有的苦水
苦口良药，终于医治我的狂放
我喝下世间所有的泪水
成为大地上的盐

我是黄昏的饮者
这最后一杯金色的生活
带着人生的余温
为我拥有过一切
并未失去所有而庆贺

我用指尖挖出时间里最后一点煤
用以燃烧我青春未用尽的热情
然后，将因寂灭而重返星辰
我是生活里的迟到者
永远退行着进入未来

47　做梦

你是这夜唯一幸运的梦者
月光流淌在大地的肋骨上
起伏如你躺倒的剪影
一只巨兽在你的梦里
与你碰杯，让你沉湎于
自己勇敢而坚毅的幻象

48　沉默如谜

为求得永恒的安宁
你远离自己的声音
它们犹如沙砾
收纳在砖与石之间
并沉在你的心底
你打算沉默如谜
保持自身有限的平静
直到周围一切都是寂静
最后再将自己的剩余抹去

49　颤栗之诗

我来自于男孩和女孩之间
汗水凝聚，归于永恒的爱意

我颤栗，以重量等同的吻遍布他们的星空
我坠落，以硬度一致的决绝让他们分离

我来自于恐惧形成时
不足为道的黑暗

掀起对未来不可知的裙摆
试图跳起带有天真的狐步舞

我来自于被感染的苦月
全部的意志都被群鸟归巢的喜悦隔离

鸟声惊动了等待被治愈的伤心
我在颤栗的中心颤栗

此刻，我是泪
剧烈地进入你的悲泣

50　将我的吻折叠成鹤

太阳沉降在城市的街道
像传说中的乌鸦伫立在她肩头
绚烂的往昔景象如大海灌满她的身心
让她澎湃，随即又凝结成大地上的盐

她从黎明拂晓开始失去生活
追随人群的海潮，像跳伞的雨滴
奋不顾身地将大地上的自己溶化
没有一个人能足够幸运地消失
她在失去美和失去生活的交替中衰老

迟暮的美人交代了她的遗言：
“请将我的吻折叠成鹤，
在世间享受自己的命运。”
多好啊，学会领受命运，并享受其中
可惜那只鹤，不会是我

51　抵达

你藏身于海的深喉
时间赐予了你月的权杖
你有权命令这海澎湃
使你成为世界的中心
可智慧经流了你
你决定远离内心的风暴
抵达平静

52 饮者的梦

昏黄的太阳沉降至炉火的高度
这是最容易让人迷醉昏睡的时辰
窗外的黑夜正蒙面抵达
连同南方不冷不热的五月　埋伏树梢
它们打算刺杀将梦一饮而尽的你
你向天空索要了今天最后一杯金酒
你曾饮下银河，饮下跳伞中的雨滴
饮下池塘还未张口的青蛙和狂欢中的蔷薇
古来圣贤皆寂寞，而你连寂寞一起饮下
一旦清晨确认了你是黄昏的饮者
它便拿走你在这个世界的所有角色
单调的世界使人分裂，唯有饮者留有清醒
你躺在这个世界的中央，感受来自各方神秘的敌意
此刻的你拥有一切，同时又一无所有

53　马

一

你从未拘泥于自己的形式
不知疲倦地产生各种变化
你永远都处在风的中心
驰骋如电，仿佛就是你自身
大地赶不上你的丈量
再向前踏，你就迈入星辰
在某个注定的日出时分
你驮着太阳，夏天就这样来临

二

这马
取出月的光芒
为自己镀银
跑出我的梦境
从黑夜中突出重围
它奔跑
与太阳融为一体
突然地出现在我面前
如夏日般猛烈
将我灼伤
在夏天
关于你的记忆
犹如一匹马

54　漫长的告别

你将身体打开　像滴水的雨伞
惊惧感从裸露的皮肤渗透而出
颤栗凝结　长发不再纠缠于乌黑
你像从水底走向彼岸　身体涩重
松散的皮囊　拉扯拖拽每份骨骼
每一次喘气都像是最后的叹息
你用灰烬般的手抚摸枯萎的自己
每一条褶皱都埋藏过去的秘密
每一个神经突起都曾经悲欢
你的人生如海　澎湃汹涌
你从喉间吐出皮筏
将自己驶离空无
时间经流你　对你耳语
你应像鲜花谄媚蜜蜂那样
理所当然地　去生活
而那些原本遥不可及的事物
正与你进行着漫长的告别

55　受伤

月亮是匕首，将夜划破
溅出的火花，化作星星
你将身体裹在梦里避免受伤
寂静如铁水，浇筑晚间的梦
你想做铁匠，切削这个金属世界
并将自己伪装成铁，一言不发
沉默地对抗命定的伤害
你偷听到体内的噪音，窸窸窣窣
那是你不安的灵魂在对你说：
你自己打造的世界
正是你梦的一生
你切削的
就是你自己
你将在梦里
继续　受伤

56　夏天的热将时间融化

夏天的热将时间融化了
你我像抱团自救的冰激凌
在大地上制造永恒的甜腻，直至
最后瘫软在无垠的虚空之中
天空激起我们飞溅的体液
一群鸟品尝了这一切

57　灯塔

他伫立人生航道的尽头
等待着经流自己的一切
他对所有航船的误解点头称是
他活着的唯一信念，只是
取回他在人间的肋骨

他曾经怒波般的人生
已经平静如光洁的镜面
所有的鲜花与掌声都已凋零
唯有虚空伫立在他肩头
如戴罪的问号

他企图用悲伤盛满手中的空杯
但指尖的伤口让他领略了颤栗的力量
风暴中的灯塔给出最后的光明
得以看到时，噩耗已经蔓延

58　我与无数个旧我告别

我用尽自己的血肉
塑造了无数个分身
来应对世事的艰难

如今，昔日时光已显陈旧
再没有新鲜的波澜与曲折
苦难在衰老，沉重在轻盈
而我将与无数个旧我告别

于我而言，是应该另起炉灶了
尽量将新的自己再用上一万年

59　滚烫的心

我在夜晚，用黑写着犹疑的心事
你若读懂了，便会成为我的爱人
可你为何要逃避这未定的结局呢
每当夜晚来临，都选择紧闭双眼
在所有的黑前，都手举一轮明月
直到我爬上云梯采摘太阳的种子
让金黄滚烫的颗粒镶嵌了我的心

60　天鹅之死

你的影子如琴声低泣于湖边
暮色中升起你洁净的脖颈
请让死神马上从那儿离开吧
你奋力地抖动着翅膀
宁静皎洁的月色震颤了
它无声地轻抚你的羽翼
你重新振翅飞向天空之眼，那般明亮
你的目光遥遥指向天际，那般渴望
你的雄心在寂静中得到了回应
颤栗似闪电掠过
你的双翼缀满天空的泪水
你宛如白昼的余晖
洒在大地——

61　树上的男孩

他在一棵树上历险
在树杈上端坐
扮演一个年轻的国王

一个五岁的男孩
有了自己的国度
在脑中经历着一场政变
他仿佛瞬间在树上长大

长到了五岁零一天

62 语言的瓮

易朽的皮囊
凝聚不了万物灵性
是语言丰富了我的肉身
否则，它将异常单薄

请用历史黝黑的手
挖出我死后的骨灰
看到那凝结如白银的思想了吗
打开吧，这是语言的瓮

63　夏天的赞美诗

知了在树梢上摇滚
恋人们旺盛的体热
让这个季节叫做夏天
如果不想凭空赞美
就应该制造人为的热与快乐
让所有恋人都有爱可做
让所有的冰激凌都终身被舔

64　吻

飞鸟亲吻了天空
太阳羞怯了
云朵遮住它
光溜溜的身体
我被你的吻
蒙住了眼睛
在我的身下
急雨犹如万千湍流
让大地消失了

65　夜莺的仪式

死去的夜莺
从死中拿回那朵玫瑰
血色的花瓣染红了
它引吭高歌的喙
它克服死亡的错觉
在时间倒灌的夜月中
收回它的吟唱
像收回它的爱情
假如一切可以重来
它不再听见痴情的悲泣
或许能完美地跨越死的深渊
但在幽暗的孤眠里
依然会有一种蓝
渴望变红

66　荒谬

这夏天把太阳都晒黑了
天空的那些风琴多么危险
竖向银色的琴管
吹起了海蓝色的泡泡
被炎热伤害的空气
打出了风的回旋镖
海面无法按捺内心的激动
从喉间吐出一个个孤立的岛屿
荒谬地伫立于海中
像这个世界的剩余
即使时间的帆鼓胀
依然无法驶离单调的日子
用灌满铅芯的眼睛才能看得见
一颗黑色的太阳陨落
在海水无法抵达的空白

67　时间的裂变

在宇宙浩瀚中
我找寻一粒希望的种子
它曾藏身于花栗鼠颊囊的一侧
历经时间的裂变
成长为一株倒置的巨杉
它穿过宇宙的边际
将本不可知的未来的谜底送回
抵达我在地球深处的居所
这是一个深藏于地心的秘密
在熔岩沉默的回声里
我跳起宇宙的踢踏舞
直到灵魂虚晃在肉身之外
永生让我沉默也让我孤独
我提起我美丽的裙角
丝绒的裙摆从死的边缘滑过

68　坚硬如水

在这多蚊的夏日
我喝下天空落下的苦水
以免自己过于甜腻
风的尖角终于推走了暴雨
曙光中的我　看到影子正在清晰
而我不幸的眼睛在提前衰老
我摘下令人眩晕的镜片
便直接陷入虚无
此时的我很危险
我的心像块石头
仿佛不懂得恐惧与颤栗
其实是因为我只允许
自己在自己体内
偷偷哭泣

69　镜像与互置

你坐上大海为你吐出的皮筏
携带着你沉甸甸的铅心
逃离，逃离你艰难的生活
此时的你　仿佛和海与万物同一

你神情肃穆而警觉
眼睛却像两颗星星

是你的深渊般的记忆
还是你坚硬如水的意志
引发了海的悸动或是颤栗
开始紧缩它光洁的皮肤

于是，你的褶皱开始摇晃
摇晃的你吐出一个个空无的皮筏
平静的星光，被你一点点摇碎
落在你肃穆而警觉的眼睛里

70　铁锈

你以死为生，生亦是死去
你让坚固的终将烟消云散
你从微小的死中逐渐壮大
而又在最后的壮大中坍塌

71　冬日失眠者

你失眠于世界的尽头
浅浅地躺在黑暗之中
你想象自己是洁白的天鹅
脖子颀长如月光的声带
冬日的寒意企图让你
学习颤抖的舞步
你曾靠完美的舞步
避开危险生活中
钉子们带来的困扰
可是关于失眠这个问题
你还存有侥幸的幻想
过分地坚持只带来一种错觉
失眠才是起舞的天鹅
你静止在这天鹅的羽翼里
宛如睡中的天使

72　握手算法

你能在握手中领会他人的意图
对方爱你时，你握到了他的紧张
对方恨你时，你握到了他的敌意
对方欣赏你时，你握到了他的赞许
但你会在握手时，带上一只铅制的手套
当你和生活握手时，你希望对自己的生活
保持着一种带有希望和侥幸的无知

73 爱情是一把椅子

爱情曾是一道闪电，击中我
让我的心猝然一死
夜晚的黑色，掩护了我
死神仿佛一闪间，神志不清
只让我的心裂了一道口子
曾经的爱情，就是我在受难
时间是我的老师
让我学会缝起裂痕
像个外科大夫
我最终学会医治自己
我的爱人也被命运送来
像一把沉重而破旧的椅子

74 乌鸦

我从容地取出自己体内的乌鸦
让它重新获得平静的权利
它仿佛是我在厄运中的替身
准确地站在了我的生命里

它一直生活在我的体内
在我的眼睛的永恒凝视中
借由我的眼睛看见了我
——过往所有失败的自我

它将在我黑暗的心情中返回我
藏身在我体内重要器官的褶皱里
在漫长的人生心灵失效的时刻
展翅托起我生命中下坠的激情

在自我的尽头　当孤独的钟声响起
它将再次替我飞越新的深渊

75　人生经历

那些原本遥不可及的事件
像杀手　已渐渐逼近
我们试图在时间的漩涡里
冷静地保持平衡
遭遇的种种让我们晕眩
记忆开始渐远与失真
生活是一只巨大的耳朵
偷听我们对于它的哀叹与某种誓言
（“我们一定要克服困难的生活和厄运”）
并无意遮掩对我们分外的敌意
在命运对我们进行清算时
它将我们一一出卖
人生的路途上　清晰
可见我们的尊严粉碎后
留下的残块

76　日常生活里幸福的小事

我愿用自己所有的金钱
换取自己的自由
但他们说
自由是无价的

我愿写自如流淌的诗歌
且因诗歌而自由
但他们说
诗歌是无用的

保持内心自由是一种美德
书写诗歌是一种幸福
写诗　成为美德与幸福兼得的事

这件事　成为我的日常生活里
一件无价但有用的幸福的小事

77　困兽犹斗

请带我返回年轻
拿取当时多余的活力
填补如今骨骼的僵硬
面对周遭的敌意
我衰老的神经不再突起
战斗力的衰退
使我过于平和与安宁
我曾经如豹的身躯
因体力不济而分外谦卑
发丝枯寂
悲伤地坐在我的肩头
静候别离
我用模仿树的方式
保护自己
并试图证明
我的沉默也有威力

78　海月水母

“此刻我撞入你，一级又一级。”

——里尔克

一

她从家里出来，
一边抱着孩子，
一边拉着行李去打车。
简单的红白条纹连身运动裙，白色运动鞋，
原本的马尾辫，被小朋友的手搅弄，
一团一团地散落在她备感沉重的肩头。
痘印清晰地布在她毫无血色的脸庞上。
被热风拂来拂去的鬓发，
最终粘在她干干的嘴角。
她想让活力重返自身。
她弄不清楚，催促自己和过去斩断残留的情意的，
是自己的绝望还是欲望。
但她决绝地离开，
正是轻盈地出发。

在一个轻盈醒来的清晨，
她打开手机看见一个新闻。
20 日晚上 10 时，
美国摇滚天团“林肯公园”主唱查斯特 · 贝宁顿，
在美国加州洛杉矶的住宅内上吊自尽，年仅 41 岁。
死亡就这样，如此随意地到来。
在她的摇滚乐迷生涯里，
死亡是走失的乌鸦，
不经意就会降临。
那些“27”天堂俱乐部成员们，
简直会让天堂演唱会熠熠生辉。
纪念这个刚刚逝去的主唱吧，
这只是暂时的“in the end”。
这种决绝地离开，
只是轻盈地出发。

二

她像一头鬃毛丰茂的雄狮
巡游在自己的领地
妄想用自己全然不在的魅力
去吃一头雄健的羚羊
或者轻快矫健的斑马

她小小的身体里跃跃
一双不切实际的眼睛
帮她盯梢未来
她走向哪里，去向何方
完全听命于它
她是热风中的熟苹果
此刻，谁来吃掉她
便能发现那为时已晚的甜

她内心的骚动在空气中引发共振
像漂浮瓶，带着欲望的魔鬼
拔开瓶塞，便可释放出这场盛大的
情欲的作祟者
欲望催促她，带着少年时
才有的情欲跑起来，她像一只鹿
而她的情欲是一只河马

在窗外那无尽的路上
熟悉的身影在不远处等待
她感觉，仿佛是年少的
自己，已孤独地抵达

三

如何找回走失在命运迷宫里的自己，
她在风雨飘摇和风和日丽的交替中追问。
她知道，凡遇坏事之后总有好事，
谷峰与谷底连绵起伏才构成人间风景。
她是随波逐流的海月水母，
随时被命运裹挟而去。
她被热风吹皱成一颗干瘪的苹果，
有为时已晚的甜。

她身上有一种甜与腥，
有一种肉欲中的天真。
她奔驰在城市躁动的街道上，
她孤独地睡在自己身旁。
她在梦里活着，梦却是醒的。

情欲是一团火焰，
她在里面燃烧，
把她烧成一个母亲。
时光是一团火焰，
她穿越它，
无法回头。

故事像烟灰轻盈地落在叙述里，
情欲的河马已经沉潜到时间的湖底，
这是一场漫长的告别。

79　暗蚀

我用我木质的悲伤
雕刻出永恒的哀叹
再献身于时间的火焰
化为乌有，仿佛永乐

我厌倦于精致的美
疲惫地邀请迟暮的英雄
享用我烹煮多年的肉体
这份香与肥美配得上嗜酒的英雄
当雄心被酒神暗蚀
徒劳的杀戮便可止息

忧愁和死亡不在了
仍有一张倦容
在火的阴影中
得以浮现

80　道德情操论

“一切美德存在于合宜之中”

一块石头的孤独
取决于海水澎湃的程度

它灰质的灵魂
提升了海　坚毅的品质

它严厉地拒绝
太阳所发出的善的邀请

传递温暖
绝非来自一块石头的本意

它曾经在冰冷的黎明
负载过一只海鸟的死亡

它将自身的冷峻
视为事物合理的本质

就像大海将它抚摸与紧拥
无非想将它　化为自己

它灰色的脸上刻满误解
但它决定　对内心的痛苦不言不语

它总能恰如其分地保持沉默
——这来自它原始的冷峻的心

81　时间的眼睛

在死亡高举的火把里
有一丝蓝　带有闪电的忧郁
这万物如空的冷星辰
搅动起夜的黑骰子
天鹅洁白的羽翼上缀满
自上古时窃取的人类的旧心
在人的语言下坠的地方
大地关闭了它的喉咙
不能言说的神秘
从过去滑向未来
一枚自称不朽的石头
在被嘲笑的眩晕中化为尘土
在光无法穿透的宇宙黑洞前
时间的眼睛看透了这一切

82　是时候了

是时候了
我将驾着我梦的毯子
飞在凌晨三点的夜空
深色的云像金属制的麦子
插入我的体内
让我胸腔涌动
如拂晓黎明般的透亮
夜晚，从令人眩晕的高度
被高空的寒流占有的颤抖
让我的眼泪滴落
如孤寂的雨水
空无的闪电奔驰于我的脸
这夏季隆隆的雷声
在我下坠的一瞬
止息

83　自由的温度

空气仿佛被伤害了
发出寻求正义的滋滋声
夏天似乎就这样被蝉鸣唤醒
否则将继续在昏沉的热中酣睡
它胸腔中的树则被惊惧的热浪
打消了换掉叶子的念头　它想
还是再等等吧
等到秋天来了
（而秋天是一定会来的）
便可将树从热的胸腔中取出
便可在行动自由的温度中
去从容的树上摘取
清醒的果子

84　时代的镜像

在需要噤若寒蝉的风声里
你用犹疑的鬓角打听自己的死讯
你周身溃烂的伤口是你愤世嫉俗时所致
你赴死般的决绝使你心灵纯净而幼稚
你的一生终将到头，但依然期待
开口说出的每一句话都是它自己的主人
在世事无常，风云变幻之际
伫立在你肩头的那只乌鸦
已被卷进了时代的漩涡中
你的命运如走失的乌鸦
在不远处等待
那些时代的镜像中
倒置的不幸者
与你同行

85　走失

你从深渊中走失
走进明媚的地狱

你从谎言中走失
走向信用的完结

你从衰老中走失
走到死亡的原点

你从爱情中走失
走往人间的离别

86　美丽而危险的事物

你羞怯地将自己藏进自己的肺腑
让今生想诉说的情话都留在心底
你内心的猛虎已被甜腻得想跳出你的巢穴
在汩汩的山泉里，一洼竖起的水草
等待黄昏中来收割的旅人
你高耸中的山涧哈出雾气，在此下坠的
英雄，久醉而云深不知归途
你的秘溪正被迷途者啜饮，他遗忘着世间
保有的尊严与威仪，内心荡漾
在美丽而危险的事物之中
所有的愉悦注入满山凋零的落叶
那些激情澎湃中的红晕
那些脑中闪过刹那的金黄

87　哪吒

你流淌在永恒的天际
在烈焰里献出你冷却的骨骼
等待着与血肉父母告别

你在澎湃的海中
涤荡你污秽的混沌
投掷出的戾气
将击碎你童年的幻象

你在雷电交加中看见了生死
你在水火之间选择了命运
你在自戕中成为了自己

你献出自己的血肉
为一朵莲花求取了功名
你从你短促的人生出走
走向永不归来

88　分头行动

我的影子
犹如我的分身
请让它代我吻你

我的影子
有我这个分身
我将替它立于太阳下

89　满与空无

我在山上种满月亮
每当夜晚来临
我便取一枚下山送你
渐渐，你拥有了我所有的月亮
并将它们缀满山谷
我想邀请你一起上山
和我一起种下新月
但是你说，这已经足够
于是，我留给自己
满山的空无

90　忧伤的杀手

他杀气腾腾的脸
抵达暮年
周身的腥气
已化为衰老的朽味
谁　会对远去的
壮志雄心　倾慕不已
他人生的残局
收拢于
一壶浊酒

91　冬雪

它从天空直抵自己的命运
在下坠的时间里
保持着洁净且富有弹性

它带着使命下坠
让所有的美
在大地上同醒

是的　就是它的存在
让空无呈现盛大的白色

时间的消融
让它越发真诚
让它越发轻盈

让它比沉重的过去　轻盈
让它比自由的意志
更自由而清醒

它知道自己的下坠
只通往自己的命运
它没有慌不择路
而是领受命运
在抵达自身命运之前　成就冬天

当泥土里生长出
比空无更多的生命
它便走出自己的命运
自然而然地　成就春天

92 我们是

我们是唯一向天空眺望并祈祷的人
是暮色中凝神于音乐闭眼聆听的人
我们是越深入生活越学会了简单明智地生活的人
是能够精准描述疼痛与喜悦并由此确认存在的人
我们是偶然中成为必然的人
是必然成为过去的人
所以，我们也是时间
是流逝之水
是光的阴影
是离别
是记忆的钱币
之不存在
是爱

93 铅心

命运的悲剧，如图腾
嵌在我额头中央
像门上的猫眼，透过它
可见我生命尽头时的景象

那里，大概有一棵生命之树
结满错误的果子，在历经许多
失败的秋天后，溃烂腐坏
化为泥土，埋葬了自身

我并不懂得疼惜自己的命运
一头雄狮在我体内徘徊
给我胆量，或说唤醒了我的勇气
让我敢为自己大声唱起哀歌

那最后的坚强与傲慢，来自
我有一颗无知而无畏的铅心

94　死亡将我们分离

爱情将我们
结成一颗畸形的果子

是死亡将我们治愈
是死亡将我们分离

95 新秩序

当闪电与时钟交换了语言
太阳照耀之处将不再出现死亡
这本应去往人间的悲戚
将遗留在一只黑鸟的眼中
——也许那就是时间的洞穴

万物在等待宇宙的新秩序
语言也拥有了重塑的可能
就像绕行在轨道的行星
摆脱了自己的命运

就像处于永恒中的明天
需要一次新的命名

96 雾中风景

时间插上翅膀
飞出了巨大漩涡
将我们像羽毛一样
带离自己的记忆
我们借由颤抖的树枝
感知某种恐惧的存在
仿佛雾中风景

记忆模糊了我们的轮廓
这个世界所看见的
只有我们人性深处
比影子更深的阴影
那是比羽毛更轻盈的孤独

而这孤独，即使时间插上翅膀
也无法从我们记忆中带离

97　悲喜

爱情抚摸着你的心
无法交流的隔阂所造成的破坏
小于被爱情所摧毁的
当你向我无言地表白时
我的血液像伞兵　倾泻而下
但我喜欢　你喜欢我的样子
坦诚而坚定　痛苦
却不发一言

呵　此刻的你
多像海的公主
双眼噙着的泪水中
仍有爱的欣喜

98　流浪汉之歌

流浪汉回到故乡
天气阴沉
乌鸦在树下疲惫
世界观察着他的境况
生存的意义延伸到荒诞之外

太阳不再照亮天空
水变幻成清澈的镜面
乌鸦在空中静止
石头在水中歌唱

在石头嘹亮的歌声里
他仿佛才记起
他的生存就是漂泊
他应该在水中沉默
在林中飞翔

99　隐秘

我的灵魂在花的芬芳中飘散
在美丽的蔷薇丛里枯萎

人间的天堂鸟并不指引向天堂
我不能沉沦在隐秘的旧疾

你是否曾听到过
水中千万个
关于我的秘密

我的生命已然
被爱的价值所摧毁

永生的寂寞衰老了
命运中的复杂不再了
内心的安宁依然无法恢复
如水的波纹

在没有水的年代里
万物的倒影选择了我
仿佛选择了命运的主人

这是一个残忍的传统
自由在寂静中消失

秋天过去了
如今的风
缄默不语

100　爱的孤心

让大地轻抚你柔顺的肢体吧

太阳穿透事物本质的剧烈目光
盛满过去对你的偏见
不要让你的心去触碰这种悲伤

在这个漏洞百出的世界
爱的不朽是无法诞生的
爱意混着带刺的冷漠
就像傲慢的牙
发出白色的笑声

你的狂爱　曾越过千山万水
抵达时　却凝结成孤寂
重重地踩进某人的心底

爱，因为遗忘而腐化为苦难
这苦难使你平静，有如置身永恒
一只风筝拉着你的手，教你奔跑
试图教你逃离命运对你的追击

当世事将新的混沌注满你
你重新变得没有过去和未来
你又将从所爱事物的旁边走过
柔情徘徊于对未来的不安
从而　错过那些爱的时分

世界颠倒，让你重又降生于风中
你将听到胸腔里倾泻的水声
那里有你曾经的孤心

101　婚姻故事

当指尖滴落的阳春水
嬗变成乏味的泪水
是否还能回想起
爱　曾经拖宕地来临
或盛大地
存在

耳光响亮
岁月对爱情落下重手
卧室里咆哮的阴影
追光般打在婚姻生活中

争吵的果实们不断生产自己
去填满永无止境的冰箱
爱人们身形疲惫
往返于遗憾与后悔间

那些惧怕于没有归属的命运
像群鸟降临时　落单在外的孤雁
更惧怕被更深地占有

102　是时间在消耗一切

当蜡烛处于火的燃烧中，我们
并不能明确地认为，是烛芯自己
在祈求变短，不然
为何那些烛泪，总是伴着
悲泣的滋滋声

当我懒于寻求世间真理时
我的肉体开始用不断出现的褶皱
斑痕和松弛，向我的灵魂发问
事物的现象，难道总是无法被其本质穿透
就像鱼骨总是在鱼的体内，一旦刺出
则意味着，暴露出天真的危险

难道真的是火在燃烧蜡烛吗
是肉体在自行渐衰吗
是鲜活的花朵
已步入倦意的花园吗

不，是时间在消耗一切

103　活着论丛

我把活着视作生命的一种可能
我必须坚韧地活着，将自己
当成一头圆满的大象
一生所发出的声音
比刀片划过的声响还要高亢

不经过剧烈的变数，人生中的困难
就无法被最勇敢的忍耐与坚持所克服
就无法对自身和世界之间
巨大的裂缝有所洞察
就会将成吨的时间浪费在喧闹的内心
消耗着事物内核中空无的意义

不学会在生活的土壤中扎根
就不能领会花开之美
那些充满希望的果实
就无法被慧眼看见
就像在夜晚独自荡漾的
只是一轮明月虚幻的倒影

所以，活着是生命的一种可能
而在生活中扎根地活着
则是更进一步的可能
是活着本身有了更多的象群

104　一只鸡的十一种死法或历史酷刑

我要为历史加餐，关于鸡的烹饪也并不简单
菜谱里鸡的做法有十一种，步骤利落或繁琐
仿佛在哪里见过，我慢慢思考水在火中煎熬
翻看历史书本里杀人的桥段，蒸蒸炸炸炒炒

炮烙之：铜柱上涂油，下加炭使热，鸡块香脆
车裂之：淫乱不轨者，五车轘杀之，鸡体松软
凌迟之：先断其支体，乃抉其吭耳，鸡肉细腻
断头之：解腕称壮士，断头有将军，鸡头不吃
剥皮之：片片皆文章，段段为忠肠，鸡身光洁
妄然抽肠；不堪油炸；时有烹煮；亦可诛心尔

我打算为历史加餐，不关心一只鸡的死亡
它的死法十一种，记载于菜谱和历史书上
历史是血腥的炮制，它至少有十一种死法

105 杀手之殇

多年前，偶然的一次失手
让我患上了杀人恐惧症
此后，重金之下也是懦夫
世事如局，我只愿做烧饼

揉面时，将拳头打进三寸
拉面时，让敌手经脉尽断
摊饼时，锤打敌手的头颅
吃饼时，我就像从前的我

106　邦妮和克莱德

这世界是一头豹子
它用肃杀的眼神
盯梢不可躲避的猎物

我们仓皇不可环顾
没命般向前　逃离
报应的子弹　涌来

但血路上也有甜蜜的不幸
我们手牵手　肩抵肩

107　太阳与铁

你有一万种方法
将我熔化
在光天化日之下
我的意志开始发烫
我在你的体内
哀求你的释放
你是我黄金的罩袍
我是你坚硬的心
彼此渴望着交换彼此
你凝集着我的沉重
我将是你的墓碑
我收拢你于我的身体
你会是我火热的软肋
为了深入你的阴影
我将自己切削成谜

108　合宜的风度

情绪的无常变化
注定对获得尊重毫无作用
而所有美好而仁慈的意愿
也并不显得尽善尽美

灵魂深处渴望得到世人的同情
就像等待海中的巨石化为齑粉
只有造物主在风暴之眼
用谨慎的苦难去提醒
万千激情应找寻自己
合宜的风度

在能不跪着时
请尽量站着
在哭泣时
默默蒙住眼

109　窄门

在生命记忆中
痛苦是摧毁的力量
但区别于愤怒

痛苦消失的过程
比它的出现更为艰难
被自己苦难中的心胸困住
势必需要经历一场意外事件
才能穿越一道命运的窄门
犹如洗涤了的灵魂　由此崭新
就像此前的自己从未诞生

肉身的愉悦，始终建立于欲望的满足
精神上的胜利，只是另一种欲望的达成
当忙于宽容生命中，令人厌倦的傲慢
团结的，将是人性中的污秽与无知

110　孤独的钟

插翅飞离的时间
留下一个孤独的钟
犹如一枚寂寥的子宫
没有时间孕育其间
便没有意义产出

奔跑的时间
是秘密的信使
打开命运之门时
便可见死亡
这珍贵的礼物
如巨兽锋利的牙齿
嚼碎我活着的幻象

指针的空转
是一场空无的舞蹈
在跳旋转舞的偶人
是失去意义的我

我旋转
跳进孤独的钟
就像回到寂寥的子宫
成为时间中的孩子

111　疾病的隐喻

被凿空的肺里停驻凯旋而来的蝙蝠
那些还未被治愈的时间在你体内发烧
你对死亡的恐惧　如你的黑发
以丰厚的战栗纠缠你

生活急速挤压着你的皮肤
日常的细节纷纷躲进褶皱
你的喉咙掐住语言的喉咙
发音已被凿空但意义坚硬
你的舌头已承载不了太重的激情
——即使爱的呓语或憎恨的诅咒都悬置半空

你的目光无神地舔舐
美好回忆带来的一簇闪电
而神能感到
你的心脏在跳舞

112 风帆

你的一生从暴风雪开始
始终行于一事无成的旅途
你耗尽自己寻找万物的意义
凭着易损的肉体
历尽多梦多劫的世界
你曾在暴风雪中感受到自己的命运
就像棋子已知自己是由棋手的手
约束着自由的意志和进退
你在暴风雪中感受到了易朽
那时的你，只想成为暴风雪寒冷的一部分
去与铁石心肠的船长会合
那时的你，美好的心灵消逝了
残缺的那一部分
由不幸组成

113　我愿做饱满的唯一的一滴水

我愿做饱满的唯一的一滴水
不躲藏在那些犹疑踌躇的泪中
而更愿赤裸地呈现于
那些顽固的石头的表面
哪怕如此易逝
也是在纯粹的天真中蒸腾

无视短暂的美是可悲的
难道唯有大海永恒地悬置于视野
才能领略水的壮大与生命的幻觉吗

那些瞬息间翕动的花瓣间的露珠
那些转眼间寂灭的虫子的小饮
那些带着阳光和芬芳的
波光粼粼的记忆
难道不都是饱满的一滴水的意义

我愿做饱满的唯一的一滴水
尽管，和其他的水滴的区别
并不存在

114　一个橘子的自白

一堆橘子远道而来　拜访
我这颗孤零零的失意的橘子
友情的抚慰，温暖了我的心
我的体内已空空如也

为什么再无法回到树上
为什么雨水总是不够喝
我绞尽橘汁

对甜的哀怨和柠檬的狂热
使我想和伙伴们一起
在黑暗中结伴同行
为繁衍代言的蜜蜂
始终在寻找一种舒服的颤栗
它飞到我目所能及的高枝
教会我站在视野开阔的视角看待
我橘子的一生盛满的困惑

我从未满足于甜，也耻于谈论
如蜜的肉体充满自己
我向着夜空打了一枪
悲伤的星星端坐我的肩头
我企图让一把枪　证明它的牺牲
来自于我苦涩的心

时间的枪　所造成的破坏很小
整个辽阔的星空倾泻而下
橘子的黎明就要来了

115　站在时间之外

时光流走了
时间飞了
一座逆流的钟
试图唤醒荒野的记忆

我在一颗沉寂的石子中看见
一只兽　降生在月亮里
我打开时间的门
却忘了带上那盏旷野上的风灯

一面镜子　伫立在四季的十字路口
回忆着自己在人间的样子
我奔跑在无垠的天空里
触摸到时间的形状
却迷失在一只兽的梦里

此时的我
与我的影子共舞
我的影子在这里
我在哪里

116　秘密的爱——给我的 Jim Morrison

夏日早已过去
阳光倾斜着射入这扇窗里
热力消散　惨白无力
软软地牵在我的肩头
并直抵我内心的秘密

十年前冬天的午后
某个忧郁的星期天的午后
我裸露着双臂迎接寒冷的你
并在燃烧的火里拥抱你
你在煨着灵魂的厨房里
唱着想象中的阿拉巴马之歌
或与我共舞在印度的夏日里

你有宛如国王的名字
谁将是陪你上路的女王
我压低着头去亲吻你的手
抚摩你　询问你　或者我自己

你这无名的士兵
带走了那冬日之爱
将使我们再一次更好地相遇
你是暴风雨中即将远去的行者
你是门后无法停止的心灵歌者

当音乐结束的时候
你那歌唱的内心可否感知
你曾是我的秘密之爱
并没有爱过第二次地
爱着你

代后记《心灵生活的重要性》

“我想过的唯一的生活就是有思的诗意生活”

“我把西西弗留在山脚下！我们总是看到他身上的重负。而西西弗告诉我们，最高的虔诚是否认诸神并且搬掉石头。他也认为自己是幸福的。这个从此没有主宰的世界对他来讲既不是荒漠，也不是沃土。这块巨石上的每一颗粒，这黑黝黝的高山上的每一颗矿砂唯有对西西弗才形成一个世界，他爬上山顶所要进行的斗争本身就足以使一个人心里感到充实，应该认为，西西弗是幸福的。”

加缪对于人类的最大贡献在于，他明确地给出了人反抗“日复一日”的绝望性的必要与意义。进一步说，他给出了一种可战胜绝望的范式，让人看到绝望本身的希望——一种靠强力意志即可称之为胜利的希望。如果说，罗素是对的，“世间参差多态，乃幸福本源”。那么，谁能说西西弗这种既定的荒诞的命运，不是幸福一种，尤其当他确实真切地看清楚了他的命运的绝对性时。西西弗的英雄之举，不仅仅在于他从肉体上战胜了日复一日的劳作，还在于，他领受了命运——一种没有提供更多的可能性的命运——并蔑视了那些将他这种命运视为坏命运的，蔑视了那些使得他的人生如此单调乏味而永恒的诸神。

那么，我作为一个普遍意义上的现实的人，应该如何面对现实的人生与日复一日的命运呢。这是很多人都会面临的困境，也是我一直在思考的问题。我认为，阅读与写作就是我对这种绝望反抗的方式。

如果说，西西弗是靠他自己所造就的某种强力意志对绝望进行反抗的。那么，我又能如何获得这种强力意志呢。我想，这时候就有必要谈谈“心灵生活的重要性”了。如果说，生活包括了人的吃穿住用行玩学繁衍等诸种方面，那心灵生活就是指内心的、精神上的、形而上的、抽象的那种生活形式。而这种生活形式的表现是沉思式的，也是体验式的，并与外部物质紧密相连。可考察得出，它的主要来源是读书，听音乐、看电影，欣赏或者创作等精神体验（享受），最重要的承载形式则是审慎地思考（沉思）。而在进行一切慎思的活动之前，

或许有一个不言而喻的认知，那就是人类共同体与西西弗之间，与人类中的个体与西西弗之间，这前后两种关系是不同的，前者意味着一致性——他们都属于无限性的范畴，而后者则意味着差异，换言之，所要清楚谈论的一切个体，都将局限于“个体存在”的“有限性”之中。

个体存在的时间是有限的，空间是有限的，体验是有限的，经验是有限的。明了个体的人生是有限的，再谈“人生首要的是什么”则具有了意义与价值。人生首要的当然是“存在且活着”。活着靠吃，精神活着靠思考。思考能力所需的重要来源应当是阅读，不然还有其他什么呢。所以，我的第一要义就是阅读。读书，不应当是区别于物质需求的更高级需求，也并不是区别于他人的特殊性的一种标榜方式。伍尔夫说，女人要有“一间属于自己的房间”。这间房间当然是“书的房”，那种是属于心灵的物质场地。但即使如果没有专属于自己的书的房，我也依然需要阅读与写作，因为那是心灵生活的场域。假如归纳自己是经验的动物，那我的经验来源无非是直接经验和间接经验。当人的直接经验来源，由于时间、精力、物质等多方面所有限制，那间接经验——阅读，则显得尤为重要。总有人误解“读万卷书不如行万里路”这句话，从而直接否认阅读的重要性，成了“不用读书”，认为直接进入现实世界获取对社会经验的认知即可。这种判定是褊狭的，忽略了个体的人在时间与空间上的有限性，反而窄化了个体获取知识的路径。

阅读与写作是我对绝望的反抗，因为它们是我的自我存在的重要方式。这既让我同属于人类共同的命运之中，又让我独立于这种共同的命运。这让我体验的是既普通又特殊的精神之旅。这既不高于也不等价于，当然更不低于其他的物质生活。人容易被外部世界的价值观挟持，被所谓现代的、时尚的、精彩的生活观所蒙蔽或裹挟，执着于

过上“某种人人称羡的生活”。人当然有梦想的权利，有为过上某种“多姿多彩的生活”而努力的权利，或者说有奋斗的权利乃至视“奋斗”为人生任务的权利。但梦想不应当成为绑架人本身，不能凌驾于人的实际环境和具体能力让来评判人的价值的标杆。而奋斗实际上应当成为人的某种精神状态，而不是为了某种外部世界制造的某种观念强加于人所造成的执念。诗人兰波曾写道：真正的生活尚未到来。那什么是真正的生活呢？应该不是出于金钱、快感、权力的目的，而是为某种值得的东西，某种值得去过的生活。其实，认真付出自己所劳并能过上一种有思的生活，就是值得一过的幸福人生。

我以前有个梦想是当一个游吟诗人，画面感极强的效果应该是：穿着波西米亚式的毯子，提着一支琴（居然也可以是冬不拉），头发密密长长（经常洗就很飘逸，想很颓废很纠结就免洗），手中一根打狗棒，腋下可以夹本通读几百遍的诗集，斜背着一个布包，可以放烟卷酒壶和纸笔。身后还驮着一个军用包袱，厚毯子小帐篷和简单衣物，脖子上挂个口琴，还拖着个小箱子，里面装满书，全是最喜欢的。我应该就是这个样子去远方生活的，像个乞婆，又像个苦行僧，还有点儿世外隐逸的味道。如果我顺带有了个结实的小男孩儿，就让他吃百家饭，观千里景，养万种豪情。反正人生也就这么回事，偶时生，瞬时死，过得不较真，则似乎宽和而寡淡；太较真则又显得浪费而格局小。那么不如亦步亦趋，且行且看。

这个梦想到如今几近成真，我真有了一个结实可爱的小男孩，于是我有了第二个梦想。这个梦想画面感也极强，效果应该是这样的：在每一个有希望的早晨醒来，知道自己要看书一本，听乐一曲，把对自己对社会对人生的思索放在脑袋里咀嚼一番，然后翻查古今中外的经典，引经据典之，强识博记之，收门徒众百，授先贤礼仪一二。有规律而意义的工作，

每天有下班也有上班，有和家人的饭后散步还可和老友插科打诨遥想公瑾当年。有可以放很多书的房子，有好的音响可以听好的音乐，可以当一个受人尊敬的人，至少也得对别人有些用处。我愿我儿为人中人杰，也可无名无利，但须气节和意趣并重。

这个梦想的实现还有待时日，但我没放弃，只是我有了第三个梦想。

这个梦想的画面感不强，甚至显得单薄而寡淡，但却另有深意。我的意思是，如果人能过上自己想过的生活，无论这种生活是何种形式的呈现，都是最美好的梦想实现。而我想过的唯一的生活就是有思的诗意生活，即是阅读与写作。

何怀素

2017 年 9 月 4 日

改于 2020 年 6 月 4 日

图书在版编目（CIP）数据

困兽之诗/何怀素著. —上海：上海三联书店，2021.5
ISBN 978-7-5426-7210-0

Ⅰ. ①困… Ⅱ. ①何… Ⅲ. ①诗集-中国-当代
Ⅳ. ①I227

中国版本图书馆 CIP 数据核字（2020）第 184795 号

困兽之诗

著　　者 / 何怀素

责任编辑 / 张静乔
装帧设计 / 徐　徐
监　　制 / 姚　军
责任校对 / 张大伟　王凌霄

出版发行 / 上海三联书店
（200030）中国上海市漕溪北路 331 号 A 座 6 楼
邮购电话 / 021-22895540
印　　刷 / 上海惠敦印务科技有限公司

版　　次 / 2021 年 5 月第 1 版
印　　次 / 2021 年 5 月第 1 次印刷
开　　本 / 889×1194　1/32
字　　数 / 80 千字
印　　张 / 4.5
书　　号 / ISBN 978-7-5426-7210-0/I·1666
定　　价 / 38.00 元

敬启读者，如发现本书有印装质量问题，请与印刷厂联系 021-63779028